VENTE DU VENDREDI 22 MARS 1872

SALLE N° 5

Collection de M. EDWARD MAREELS, d'Anvers

TABLEAUX

ANCIENS

EXPOSITION PUBLIQUE : le Jeudi 21 Mars 1872

M° CHARLES OUDART	M. ÉMILE BARRE
COMMISSAIRE-PRISEUR	EXPERT
rue Le Peletier, 31.	rue de la Chaussée-d'Antin, 20.

PARIS — 1872

RENOU ET MAULDE

IMPRIMEURS DE LA COMPAGNIE DES COMMISSAIRES-PRISEURS

Rue de Rivoli 144.

CATALOGUE

DES

TABLEAUX

ANCIENS

Des Écoles française, flamande, italienne
et espagnole

COMPOSANT LA PREMIÈRE PARTIE

DE LA COLLECTION DE M. EDWARD MAREELS

D'ANVERS

DONT LA VENTE AURA LIEU

HOTEL DROUOT

SALLE N° 5

Le Vendredi 22 Mars 1872

Par le ministère de M⁰ **CHARLES OUDART**, Commissaire-Priseur,
rue Le Peletier, 31,
Assisté de **M. ÉMILE BARRE**, Expert, rue de la Chaussée-d'Antin, 20.

EXPOSITION PUBLIQUE

Le Jeudi 21 Mars 1872, de 1 heure 1/2 à 5 heures 1/2

PARIS — 1872

CONDITIONS DE LA VENTE

Elle sera faite expressément au comptant.

Les Acquéreurs paieront en sus des adjudications, CINQ CENTIMES PAR FRANC, applicables aux frais.

Le Catalogue n'étant que l'expression de l'opinion de l'Expert, ne peut en aucun cas constituer une garantie.

L'Exposition mettant le public à même de s'assurer de la nature et de l'état des Objets mis en vente, il ne sera admis aucune réclamation une fois l'adjudication prononcée.

DÉSIGNATION

DES

TABLEAUX

ARPINO (Le Cavalier)

1 — Andromède.

BREUGHEL (Le Vieux)

2 — L'Hiver.

BREUGHEL (Le Vieux)

3 — L'Été.

.

BOUCHER (Ecole de)

4 — Léda.

BAPTISTE

5 — Bouquet de fleurs.

BÉGA (CORNEILLE)

6 — Le galant Buveur.

BISET (J.-B.)

7 — Vénus et Cupidon.

BREUGHEL (Le Vieux)

8 — Ermite dans un paysage.

BREUGHEL (Le Vieux)

9 — Le Pendant du précédent.

CANALETTI

10 — Vue de la place Saint-Marc à Venise.

DUPATY

11 — Offrande à Palès.

DIETRICK

12 — L'Apparition aux Bergers.

DUPRÉ (de Lyon)

13 — Un Rabbin juif, dans le genre de Rembrandt.

FRAGONARD

14 — L'Ermitage.

FRANK

15 — Intérieur avec figures et accessoires.

GILLEMANS

16 — La Marchande de légumes.

HELMONT (Van)

17 — Intérieur du cabinet d'un savant.

HEM (D. de)

18 — Fruits, raisins et huîtres.

HEMSKERKE

19 — Intérieur du laboratoire d'un sorcier.

HERRERA (Le Vieux)

20 — Tête de saint Jean-Baptiste.

HOBBÉMA (École de)

21 — Petit Paysage.

JORDAENS (Jacob)

22 — Tête de moine — Fragment d'un grand tableau du
maître.

JORDAENS

23 — Suzanne et les Vieillards.

JORDAENS (École de)

24 — Faune jouant de la flûte.

KESSEL (Van)

25 — Paysage, entrée de bois.

LAJOUE (Attribué à)

26 — Intérieur de parc.

LANCRET (Ecole de)

27 — La Leçon de flageolet.

LANDON

28 — Portrait d'un personnage politique.

MAES (NICOLAS)

29 — Portrait d'une jeune princesse tenant dans les mains un petit chien épagneul.

MARTIN

30 — Bataille.

METSYS (QUENTIN)

31 — L'Usurier.

MIREVELT (Ecole de)

32 — Portrait d'une dame.

MOLA

33 — Vierge et enfant Jésus avec les anges.

MOMMERS

34 — Animaux dans un paysage.

MURILLO (Ecole de)

35 — Une Princesse espagnole.

MURILLO (Ecole de)

36 — Un Prince espagnol.

OSTADE

37 — Le Déjeuner flamand.

PATER (Ecole de)

38 — Le Concert champêtre.

PORBUS

39 — Portrait d'un gentilhomme vêtu d'une robe noire
bordée de fourrure.

RAOUX

40 — La bonne Aventure.

REMBRANDT (Ecole de)

41 — Tête d'un jeune homme.

REMBRANDT (Ecole de)

42 — Esquisse représentant saint Mertin donnant la
charité.

RAPHAEL (Ecole de)

43 — Sainte Famille.

REYNOLDS

44 — L'ange Gabriel conduisant Tobie.

SCHUTZ

45 — Les Bords du Rhin.

SNAYERS

46 — Une Charge de cavalerie.

STEEN (Signé J.)

47 — Agar et Ismaël.

TEMPESTA

48 — Conversion de saint Paul.

TENIERS (Ecole de)

49 — Paysage avec effet de lune.

TENIERS (Ecole de)

50 — Buveurs et Fumeurs flamands.

VAN DER POEL

51 — Incendie au bord d'un canal.

VAN HERP (Elève de Rubens)

52 — L'Ange conduisant Abraham.

VAN DE VELDE (Isaïe)

53 — Bataille sur un pont entre les Turcs et les Bulgares.

VERBRUGGEN

54 — Un Vase de fleurs.

VERBRUGGEN

55 — Fleurs dans un vase.

ZORG

56 — Le Départ pour le marché.

ZÉEMAN

57 — Marine.

ÉCOLE ITALIENNE

58 — Une Tête d'enfant.

ÉCOLE ITALIENNE

59 — Portrait de femme les mains jointes.

ÉCOLE ROMAINE

60 — Jésus montant au Calvaire.

ÉCOLE FRANÇAISE

61 — Sujet mythologique.

ÉCOLE FRANÇAISE

62 — Enlèvement d'Europe.

ÉCOLE FRANÇAISE

63 — Le galant Buveur.

ÉCOLE FRANÇAISE

64 — Un Portrait d'homme.

ÉCOLE ITALIENNE

65 — La Vérité.

ÉCOLE FRANÇAISE

66 — Portrait de jeune femme.

ÉCOLE FRANÇAISE

67 — Jeune Fille assise près d'une fontaine.

ÉCOLE FRANÇAISE

68 — Portrait de Mademoiselle Duchesnois.

ÉCOLE FRANÇAISE

69 — Le Pont de Charenton.

ÉCOLE FRANÇAISE

70 — Pastel.

Renou et Maulde, imprimeurs de la Compagnie des Commissaires-Priseurs,
rue de Rivoli, 144.   18741